Chefs-d'Œuvre de la Littérature Religieuse

F. DE LA MENNAIS

Pensées

1819-1826

◇ ◇ ◇

Avec une Introduction et des Notes

PAR

CHRISTIAN MARÉCHAL

Agrégé de Philosophie

BLOUD & Cie

F. de La Mennais

PENSÉES

Chefs-d'œuvre de la Littérature Religieuse

F. de La Mennais

PENSÉES

1819-1826

Edition nouvelle publiée avec une Introduction et des notes

PAR

Christian MARECHAL

Agrégé de Philosophie

PARIS

LIBRAIRIE BLOUD & Cie

7, PLACE SAINT-SULPICE, 7

1909

INTRODUCTION

Les deux groupes de *Pensées* de La Mennais
que l'on réunit aujourd'hui ont paru pour la
première fois, l'un à la suite des *Premiers Mélanges* (1819) (1), l'autre à la suite des *Nouveaux
Mélanges* (1826) (2). Ils appartiennent donc à
la période tout à fait orthodoxe de l'existence du
célèbre écrivain. Le lecteur n'aura pas de peine
à reconnaître quelle différence très apparente
distingue, dans l'ensemble, les deux parties de
la présente publication : résultats et, si j'ose
dire, déchets des travaux considérables auxquels se livrait leur auteur, elles reflètent les
préoccupatoins diverses qui l'animaient à ces
deux époques de sa vie, voisines, mais non pas
semblables. L'un de ces groupes, contemporain
de la rédaction du premier volume de l'*Essai
sur l'Indifférence* et, sans doute aussi, de la
préparation du second, est dominé par la préoc-

(1) *Réflexions sur l'état de l'Eglise en France pendant le
XVIIIᵉ siècle et sur sa situation actuelle*, suivies de *Mélanges reli-
gieux et philosophiques*. 1 vol. in-8, à Paris, chez Tournachon
Molin et H. Seguin, libraires, 1819, p. 538-575.

(2) *Nouveaux Mélanges*, par M. l'abbé F. La Mennais, 1 vol. in-8,
Paris, à la librairie classique élémentaire, 8, rue du Paon, 1826,
p. 538-579.

J'ai dû, à mon grand regret, pour ne pas dépasser le cadre de ce
petit volume, supprimer un certain nombre de pensées.

cupation philosophique et morale ; l'autre, écrit
vers le temps où l'élaboration du livre de la
*Religion considérée dans ses rapports avec
l'ordre politique et civil* orientait toutes les
réflexions de La Mennais dans le sens politico-
religieux, porte, avec un caractère plus belli-
queux et plus hardi, la marque du pamphlétaire.

Tous deux nous révèlent un La Mennais moraliste digne de tenir un rang honorable à côté
des plus grands. La concision énergique, la
violence contenue et passionnée qui ramasse la
phrase comme un lutteur ses forces, et la détend
brusquement pour asséner le coup, le trait
brillant, le mordant, sont les qualités ordinaires
de son style. Il possède au plus haut degré le
pouvoir *suggestif*, si rare même chez les meil-
leurs écrivains. Mais surtout, avec quelle belle
aisance et quelle sécurité il manie ces armes du
moraliste ! Ici, c'est l'antithèse sobre, frappante,
et qui grave l'idée.

La flatterie est la politesse du mépris.

*La science ne sert guère qu'à nous donner
une idée de l'étendue de notre ignorance.*

Voulez-vous maintenant un modèle de cette
ironie amère, d'une si hautaine et si méprisante
insolence, qui lui valut tant d'ennemis ? Écoutez
ceci :

*On a tort de crier contre le siècle ; il fait ce
qu'il peut. Né pauvre, il travaille à acquérir
le nécessaire : religion, gouvernement, lois,
mœurs. Cela est honorable ; seulement il ne
faudrait peut-être pas être si fier.*

Quelquefois, une formule concise ouvre à la
méditation des horizons illimités :

La vie est une sorte de mystère triste dont la foi seule a le secret.

La richesse du contenu n'est pas indigne de l'expression. On peut assurer le lecteur que ces *Pensées* l'achemineront à des réflexions qui ne le détourneront point des plus sérieuses et passionnantes préoccupations du temps présent. Dans la doctrine comme dans les faits, La Mennais a tout pressenti : son œuvre est un monde où palpitent et s'éveillent, pêle-mêle et s'ignorant parfois elles-mêmes, les pensées bonnes ou mauvaises dont nous vivons ou qui nous déchirent. Il n'est pas jusqu'à la psychologie religieuse et même la sociologie qui n'aient des racines dans ce petit livre. On aimerait que le lecteur les y découvrît lui-même ; et l'on se plaît à penser qu'après avoir voyagé à travers ce monde d'idées, s'il lui est arrivé d'y prendre quelque peine, il s'en trouvera largement payé.

PENSÉES DIVERSES

(1819)

On ne lit plus ; on n'en a plus le temps. L'esprit est appelé à la fois de trop de côtés ; il faut lui parler vite, ou il passe. Mais il y a des choses qui ne peuvent être dites ni comprises si vite, et ce sont les plus importantes pour l'homme. Cette accélération de mouvement, qui ne permet de rien enchaîner, de rien méditer, suffirait seule pour affaiblir et, à la longue, pour détruire entièrement la raison humaine (1).

—

Ceci est un caractère exclusivement propre au Christianisme, qu'il n'a été modifié par aucune autre doctrine. Toutes les philosophies et toutes les religions ont reçu de lui, et il n'a rien reçu d'aucune d'elles (2).

(1) Cette pensée pourrait être mise en exergue aux œuvres de La Mennais, et suffirait à faire le départ entre les deux catégories d'écrits dont elles se composent : les écrits médités comme l'*Essai sur l'Indifférence*, l'*Essai d'un système de Philosophie catholique*, l'*Esquisse d'une Philosophie* ; et les écrits de circonstance, pamphlets ou articles de journaux, où La Mennais appliquait sa doctrine. C'est pour avoir confondu les uns et les autres qu'on a pu trop longtemps l'ignorer comme penseur.

(2) Pour comprendre cette pensée, il faut se rappeler que, dans le système mennaisien, le christianisme, seule véritable religion, renferme toutes les vérités essentielles qui constituent la religion, nécessaire, non seulement au salut individuel, mais à l'existence sociale. Le christianisme a donc existé de tout temps, et même avant Jésus-

—

Qui ne tiendrait compte que des conversions, en calculant les effets des missions chrétiennes, n'aurait qu'une idée bien incomplète de leur influence. Semblables aux navigateurs qui confient aux terres où ils abordent des graines de plantes utiles, partout où pénètrent les missionnaires, ils y sèment des vérités : elles croissent, elles se répandent, et chacun en profite plus ou moins. Il y a peut-être à la Chine et dans l'Inde beaucoup d'hommes qui ne connaissent point le nom de *Jésus-Christ ;* mais je ne crois pas qu'il y en ait un seul dont le Christianisme n'ait modifié les idées. Je ne sais, sans lui, s'il resterait sur la terre le moindre vestige des traditions primitives (1).

—

Qui se connaît, se méprise nécessairement. Ainsi l'orgueil, qui a des racines si vives dans le cœur humain, est contre nature, et prouve la chute originelle dont notre ignorance est le châtiment. Un bouleversement si étrange dans notre raison indique quelque ancienne et grande catastrophe (2).

Christ : les fausses religions ne sont que des déformations de ce christianisme primitif et inaltérable, dont le sens commun retrouve les dogmes sous les rites des religions païennes : celles-ci ne sont, à vrai dire, par rapport au christianisne ainsi conçu, que des hérésies. Il est donc juste, en ce sens, de dire que toutes les philosophies et les religions ont reçu du christianisme (dont elles sont toutes issues dans leurs égarements), et qu'il n'a rien reçu d'aucune d'elles (puisqu'elles lui doivent tout ce qu'elles contiennent de vrai).

(1) Le christianisme n'a pas seulement été de tout temps, selon La Mennais, mais encore il est partout, et les sociétés qui lui paraissent le plus étrangères ne vivent cependant et ne prospèrent que par sa vertu cachée, mais présente.

(2) Il importe beaucoup à La Mennais d'établir que l'orgueil est contre nature : puisque l'individualisme, qui est proprement l'orgueil intellectuel, est le principe de toutes les erreurs et de tous les égarements de l'intelligence, naturellement faite pour la vérité, pourvu qu'elle consente à penser en commun.

—

Demandez à ce pauvre paysan, né au fond d'une province, dont il ne sortit jamais, s'il y a un roi ? Il vous
répondra qu'oui. Insistez, et demandez-lui comment il
sait avec certitude qu'il y a un roi ? Sa réponse sera
bien simple : « Parce que tout le monde le dit. » Il croit
invinciblement à l'existence du roi sur un témoignage
unanime, et sa foi est éminemment raisonnable ;
car il est très certain que ce témoignage ne le
peut tromper. Que si vous exigez de lui d'autres motifs
de sa croyance, il pourra, s'il est capable de quelque
réflexion, alléguer l'ordre établi, qui suppose une autorité souveraine ; mais on contestera sur cela, et aussitôt
voilà le doute et l'incertitude qui naissent. On conteste
aussi sur le témoignage, mais sans succès. L'autorité
du témoignage, indépendante du raisonnement, a son
principe dans le fond le plus intime de notre nature, et
n'est pas moins irrésistible que l'évidence. De toutes les
choses que nous savons, ou croyons savoir, aucunes ne
nous sont connues avec une pleine certitude, que celles
qui reposent ou sur l'évidence, ou sur le témoignage ;
et l'évidence même emprunte sa force du témoignage,
par lequel nous nous assurons que l'évidence affecte les
autres hommes de la même manière que nous, et à
l'égard des mêmes objets (1).

—

Voulez-vous savoir la différence qui existe entre une
opinion et une religion, entre la conviction de l'esprit

(1) Obéir à une autorité qui s'impose à elle sans raison, et qu'elle
doit accepter aveuglément comme la première condition de la vie,
telle est la loi fondamentale de l'intelligence selon La Mennais ; ce n'est
pas l'*évidence* du témoignage qui nous oblige à l'accepter, mais la
force de son autorité qui seule est capable de sanctionner et de garantir l'évidence. Ce n'est pas l'intelligence individuelle mais la
raison sociale qui seule est dépositaire de la vérité qu'elle conserve
et de la certitude qu'elle produit dans l'individu, si du moins il veut
bien se soumettre.

et la foi? Voyez cet homme qui s'est convaincu, après un mûr examen, de la vérité du Christianisme, qui en connaît toutes les preuves, et les oppose avec tant de force aux incrédules. Il croit à la religion comme à la géométrie, et l'une n'influe pas plus que l'autre sur sa conduite. Le Christianisme lui est démontré, et sa vie n'est qu'une continuelle violation des préceptes du Christianisme. Il s'en ira, ce chrétien spéculatif, louant la beauté de la loi évangélique, à peu près comme un Français louerait la législation des Chinois. C'est son opinion ; il la défendra : pour la pratiquer, c'est autre chose (1) ; il a dans le cœur une autre loi que sa raison méprise, et qui n'en est pas moins la seule règle de ses désirs et de ses actions. Il est étrange qu'il y ait de tels hommes ; et pourtant qui n'en a pas rencontré un grand nombre?

—

Rien ne dépend de nous que notre volonté ; les circonstances disposent du reste. On n'est maître ni de sa condition, ni de sa fortune, ni de sa santé, ni de son organisation, ni de ses goûts ; ni de ses passions, tant qu'elles ne sont pas réduites en actes ; ni de la force ou de la faiblesse de son esprit ; ni de ses idées, parce qu'on ne les crée pas, on les reçoit ; ni de sa raison, que tout ce qui nous environne modifie. Notre âme, ainsi que notre corps, tient à tout et dépend de tout : du soleil qui luit, du nuage qui passe, du léger souffle qui agite à peine le roseau. Il n'en faut pas davantage pour troubler ses pensées et pour altérer ses affections ;

---

(1) Cette distinction entre l'*opinion* purement spéculative et la *foi* pratique est empruntée à Bonald. Elle revêt dans son œuvre une forme un peu différente : la philosophie, dit-il, produit des opinions : la religion inspire des sentiments ; de là l'impuissance de l'une à agir sur les mœurs, et la fécondité pratique de l'autre. Cf. *Théorie du Pouvoir*, II, v, I, et surtout II, I, III.

et c'est même là-dessus qu'est fondé l'art de persuader les hommes et de les entraîner (1).

—

Il faut beaucoup de philosophie pour sentir la beauté de l'ordre, et beaucoup de religion pour goûter le bonheur de la paix.

—

On ne prouve point les premiers principes. Il faut que la raison les reçoive aveuglément de la nature, tel qu'il plaît à celle-ci de les lui donner. Les conséquences qu'elle en déduit tirent toutes leur certitude de leur liaison ou de leur conformité avec ces principes ; et ainsi la certitude ne vient point de la raison ; mais de la nature. Qu'est-ce, en fait d'idées, que le vrai et le faux, sinon ce qui nous paraît tel, indépendamment du raisonnement ? Le raisonnement, loin d'être un instrument de vérité, défigure souvent celles qu'on lui soumet, au point de les rendre méconnaissables ; il ébranle là nature même, et la fait douter des principes (2).

—

La religion s'adresse d'abord à nos affections, parce que ce sont elles qui disposent à croire. Cependant, quand la raison s'est pleinement soumise, elle daigne aussi la satisfaire, et c'est ce qui lui coûte le moins de peine (3).

(1) Il est inutile, je suppose, de signaler ici l'influence manifeste de Pascal. Cf. *Essai sur l'Indifférence*, t. II, III° partie, p. 78 (éd. Garnier), où l'on trouvera une réplique de ce passage rapprochée d'un fragment de Pascal.

(2) Cf. *Essai sur l'Indifférence*, t. II, III° partie, chap. ı, p. 76.

(3) On reconnaît ici la méthode apologétique et l'inspiration de Pascal, qui s'efforce d'abord d'incliner par l'argument du pari la volonté du libertin vers la religion, considérant que la cause de la foi est presque gagnée, s'il a fait naître chez lui le désir de croire.

—

Chose singulière, plus l'homme cultive son esprit indépendamment de la religion, plus il va s'enfonçant dans la matière, jusqu'à ce qu'à force de raisonnements, il arrive à nier toute substance spirituelle. Voilà sans doute un des plus étranges effets de la raison, autant qu'une preuve de sa faiblesse ; car naturellement l'homme croit à des substances spirituelles. Avant d'avoir la moindre idée de métaphysique et de philosophie, je ne sais quel puissant instinct le porte à peupler l'univers d'êtres invisibles, qu'il se représente comme supérieurs aux êtres corporels. Il cherche à remplir l'espace entre lui et Dieu.

Il faut que la vérité se donne elle-même à l'homme ; elle n'est pas en lui, car il la pourrait perdre ; il n'a sur elle aucun empire ; elle était avant lui, elle sera après lui, toujours la même, toujours indépendante de ses conceptions (1). Quand elle se donne, il la reçoit ; voilà tout ce qu'il peut ; encore faut-il qu'il la reçoive de confiance, et sans exiger qu'elle montre ses titres ; car il n'est pas même en état de les vérifier.

—

Plus on généralise l'erreur, plus elle est vague, insaisissable, incompréhensible, parce que ce n'est qu'étendre la destruction du vrai. Plus on généralise la vérité, plus elle est précise, rigoureuse et claire, parce que c'est étendre le vrai, et le séparer de tout mélange ; il en devient plus visible, car on ne voit réellement que ce qui est.

—

La science ne sert guère qu'à nous donner une idée de l'étendue de notre ignorance (2).

(1) Il est facile de découvrir ici la genèse de la fameuse distinction entre l'*ordre de foi* et l'*ordre de conception* telle qu'elle s'épanouira dans l'*Essai d'un Système de Philosophie catholique*.
(2) On trouvera le commentaire de cette pensée dans l'*Essai sur l'Indifférence*, t. II, III° partie, chap. I, p. 86 et sq. ; vid. surtout la note.

Celui qui à trente ans ne s'est pas désabusé d'apprendre, ne se doutera jamais de ce que c'est que savoir.

Lorsqu'à force de raisonner sur les croyances on a obscurci toutes les idées, s'il passe un caprice dans la tête d'un homme en pouvoir, ce caprice s'appelle une loi (1). Il est bon de savoir cela aujourd'hui, afin de s'entendre, et d'entendre quelque chose à la société.

Attendez, disent-ils, pour parler des vérités de la religion aux enfants, que leur raison soit en état de les entendre (2). J'aimerais autant dire : Attendez pour leur donner des mots qu'ils aient des idées. Comment ne voient-ils pas que les idées ne naissent qu'à l'aide des mots, et que la raison ne se développe qu'à l'aide de la vérité ?

Tous les hommes feignent d'aimer la vérité, et c'est une des plus grandes preuves de l'obligation où ils sont de l'aimer véritablement (3).

Homme si fier de ta raison, dis-moi, que t'a-t-elle appris ? Montre-moi ce qu'elle t'a donné, et je te mon-

(1) Pour comprendre toute la portée de cette critique il faut se rappeler que le traditionnalisme instaure l'idée de loi sociale naturelle qu'A. Comte lui empruntera.

(2) Il s'agit des protestants. S'il est vrai, selon la doctrine mennaisienne, que la véritable raison de l'homme, sa raison sociale, soit un produit de la religion, comment pourrait-on priver l'enfance de cette nourriture intellectuelle sans arrêter par là même le développement de sa raison?

(3) Ils y sont obligés pour vivre non seulement intellectuellement et moralement, mais encore socialement ; l'utilité, la nécessité même du vrai, voilà son dernier criterium. On montrera dans La Mennais un des ancêtres du pragmatisme.

trerai ce qu'elle t'a ravi : *citerne rompue, qui ne sait pas même garder les eaux qu'on y verse* (1).

———

S'affranchir des préjugés, c'est-à-dire s'affranchir de l'ordre, s'affranchir du bonheur, de l'espérance, de la vertu et de l'immortalité.

———

Rien au monde de plus confus en apparence que l'Evangile. Les dogmes y sont mêlés, sans aucun ordre, aux préceptes, et l'histoire est jetée au milieu de tout cela. Néanmoins, il est impossible d'imaginer un corps de doctrine plus complet et mieux lié. On ne peut rien ajouter au Christianisme, ni en rien retrancher, sans le détruire. Sont-ce là les caractères d'une invention humaine ?

———

La religion la moins chargée de mystères, la plus simple dans ses dogmes, celle qui fatigue le moins la foi, c'est, sans contredit, le Mahométisme. Aux rites près, un musulman n'est guère qu'un déiste (2). Comment se fait-il donc que ces peuples, sous l'influence d'une religion qu'on nous vante comme la seule raisonnable, soient restés dans un état d'enfance voisin de la stupidité ? et que la raison n'ait atteint son plus grand développement que chez les nations asservies à des croyances qu'on nous représente comme un prodige de déraison ?

———

L'imagination, qu'on décrie tant comme incompatible avec la raison, n'est pourtant qu'une raison plus féconde

———

(1) L'auteur veut parler ici de la raison individuelle, essentiellement critique.

(2) Cf. BONALD, *Théorie du Pouvoir*, II, v, 1 : « Le Mahométisme est une religion d'*opinions*, sans sacrifice, sans *sentiment*, une philosophie ; il trouve les Arabes guerriers et les fait conquérants... »

et plus forte. Les esprits secs et stériles, qui forment le grand nombre, ne pouvant y atteindre, *s'en vengent par en médire.*

—

Il faut s'endurcir par raison aux absurdités. Il y aurait trop à souffrir dans le monde, si l'on y portait la douloureuse susceptibilité du bon sens.

—

Y a-t-il quelque chose ? Toute raison humaine est impuissante à résoudre cette question.

—

L'esprit le plus fort est celui qui connaît le mieux sa faiblesse.

—

Un des effets des révolutions est d'attrister le caractère des peuples. Cela se voit en France, et cela s'était vu en Angleterre. Les grandes commotions ouvrant violemment le cœur de l'homme, on en découvre le fond, qu'on n'aperçoit jamais sans effroi et sans douleur.

—

L'amour des peuples pour le souverain diminue en même proportion que leur amour pour Dieu. Voilà pourquoi il y a plus d'amour du roi dans les pays catholiques que dans les pays protestants. Sous l'influence de la philosophie, les nations passent nécessairement de la révolte contre Dieu à la révolte contre le pouvoir. On n'a pas l'air encore de comprendre cette vérité. Je pardonne qu'on méconnaisse la voix de la raison qui la proclame, mais il y a de plus *la voix du sang.* Les rois au moins devraient entendre celle-ci.

—

Quand, pour rendre la vérité sensible, nous essayons de la comprimer dans notre esprit, elle échappe, ou le vase éclate et ses débris se dispersent au loin.

—

Nous recevons la vérité comme les champs reçoivent
la rosée du ciel. *Desursum sapientia* (1).

—

Il y a peu d'âmes assez fortes pour s'élever jusqu'à
l'orgueil : presque toutes croupissent dans la vanité.

—

Depuis qu'on ne sait plus à quoi s'en tenir sur rien,
on ne parle que du progrès des lumières. Encore un
peu de temps, et l'on saura tout. Parmi tant de découvertes, les plus utiles, celles qui marqueraient le mieux
un véritable progrès du genre humain vers la perfection ou le bonheur, seraient des découvertes morales.
Or, quelle vertu a-t-on inventée depuis Jésus-Christ ?

—

Pourquoi parle-t-on sans cesse du progrès des lumières, et jamais du progrès du bonheur ? C'est qu'il
est aisé de persuader à un sot qu'il a de l'esprit, et
d'autant plus aisé qu'il est plus sot : mais on ne persuade pas de même au misérable qu'il est heureux.

—

Qui se connaît se méprise, et qui se méprise est libre,
car il est affranchi de l'opinion. Le plus pesant joug est
celui que l'orgueil nous impose.

—

L'on n'estime guère dans les autres que les qualités
qu'on croit posséder soi-même. C'est une manière de se
louer.

(1) Car « toute vérité émane de Dieu, qui est la vérité infinie »
(*Essai sur l'Indifférence*, t. I, p. 246). On s'expliquera en recourant
au commentaire que fournissent les pages 323-324 du t. I de l'*Essai
sur l'Indifférence*, comment le contenu de cette pensée domine la
théorie sociale de La Mennais.

—

C'est un des caractères de notre siècle de corrompre le bien au point de le rendre pire que le simple mal.

—

Même lorsqu'elles raisonnent, les passions ne prévoient jamais.

—

On peut et on doit avancer sans cesse dans les sciences naturelles ou d'observation ; mais leur objet étant infini, il n'y a point de vrai progrès. En marchant toujours, on est toujours à la même distance du but. Cependant, trompé par ce mouvement continu, on se persuade qu'on arrivera. C'est un terme donné aux esprits faibles pour assurer leur curiosité et consoler leur orgueil.

—

Certaines gens rient devant la vérité, comme quelques autres rient devant la mort : rire effrayant de stupidité ou de désespoir.

—

Au moment où la foi sort du cœur, la crédulité entre dans l'esprit (1).

—

Si l'effet de l'orgueil n'était point d'aveugler, on ne concevrait pas qu'avec de l'orgueil on pût être incrédule. Pour les abaisser à leurs propres yeux, au-dessous de tout ce qu'ils méprisent davantage, il suffirait qu'ils aperçussent, d'une vue claire, la moitié des extravagances qu'ils croient au moins implicitement. Mais ce

(1) Ici encore on voit poindre la théorie des rapports entre l'ordre de foi et l'ordre de conception : si l'on perd la foi en la raison générale, on est réduit à ne plus en croire que soi, c'est-à-dire qu'on s'abandonne au courant de ses moins raisonnables instincts, ce qui caractérise la crédulité. Cf. *Essai d'un Système de Philosophie catholique* (Paris, Bloud, 1906), *Introd.* p. XXXIII.

serait déjà un grand pas vers la raison, que d'être capable de voir cela ; on ferme les yeux, et puis on se dit qu'on est une tête forte : cela est plus aisé.

—

Ce qu'il y a de plus noble dans l'homme, c'est sa raison ; et le pouvoir le plus noble est aussi celui qui s'exerce sur la raison. Ce pouvoir est celui des écrivains, quand la faculté d'écrire est *indépendante*, c'est-à-dire, véritablement *pouvoir*. Or, qui est maître de la raison, est maître de tout l'homme ; et le *pouvoir* qui écrit est nécessairement maître, non de la raison de chaque homme qui peut échapper à son action, comme les individus échappent à l'action du pouvoir politique, mais de la raison de tous les hommes, ou de la raison de la société. Dès lors, il est maître de la société, et dispose comme il veut du pouvoir politique. La liberté absolue de la presse constitue le pouvoir écrivant, et renverse par conséquent son antagoniste : il suffit d'attendre. Qu'on ne dise point : Les écrits en sens divers se neutralisent mutuellement. Il n'en va pas ainsi dans ce monde. Quand plusieurs pouvoirs sont en présence il y a d'abord combat, et même anarchie, si ces pouvoirs sont trop nombreux ; mais il faut enfin qu'un triomphe ; et le plus opposé au pouvoir politique sera toujours à la longue celui qui triomphera ; les raisons en sont trop évidentes pour les déduire ici.

—

Il suffit d'avoir des yeux et de les ouvrir pour reconnaître qu'une grande justice s'exerce dès ici-bas ; seulement on voit que certaines causes sont appointées à une autre session. Celui-là est encore bien faible qui s'inquiète ou s'étonne de ce délai (1).

---

(1) Je rappelle que J. de Maistre avait traduit et publié en le faisant précéder d'une *Préface*, le traité de Plutarque « *Sur les délais de la justice divine dans la punition des coupables* ».

—

Deux puissances se partagent le monde : l'une n'a de rapport qu'au temps et aux intérêts du temps ; et ces intérêts variant, souvent même étant opposés de peuple à peuple, il a été nécessaire d'établir plusieurs puissances temporelles investies des mêmes droits, afin que chaque peuple pût se conserver.

Mais outre ces intérêts matériels et divers, tous les hommes ont encore des intérêts communs, permanents, relatifs à leur nature immortelle, et qui supposent des droits et des devoirs communs. Ils ont tous un droit égal à la possession de la vérité, le bien par excellence ; ils ont tous le même devoir, qui est d'obéir à l'ordre immuable.

Séparés par les intérêts du corps, relatifs au temps, ils peuvent donc, et doivent être unis par les intérêts de l'âme ou de la raison, relatifs à l'éternité ; et comme il n'existe point d'union sans société, il y a donc une société spirituelle dont tous les hommes peuvent et doivent être membres.

Cette société, c'est l'Eglise, lien universel des peuples, qui, lors même que leurs intérêts temporels les divisent le plus, viennent encore se confondre et s'embrasser dans son sein.

—

Comment s'y prend-on pour donner aux enfants la première idée de Dieu ? En le leur nommant et le leur faisant prier. On dira : Ils ne le comprennent point (1). Mais vous qui parlez, le comprenez-vous autrement qu'eux ? La première notion que vous vous en formâtes a-t-elle changé avec le temps ? Elle a crû peut-être, elle s'est développée ; mais si naturellement et

(1) C'est-à-dire, pour parler la langue qu'emploiera plus tard La Mennais : ils n'en ont pas la conception. Mais l'homme conçoit-il jamais Dieu ? On remarquera combien la future pensée de La Mennais est préformée dans celle-ci.

d'une manière si insensible, qu'on voit bien que c'est la même au fond : il en a été comme de votre corps ; en avez-vous changé ? Que l'homme donc apprenne à respecter dans l'enfant l'intelligence de l'homme, et qu'il sache que Dieu a, pour se faire connaître de toutes ses créatures pensantes, des voies dont il retient le secret, que notre curiosité ni notre orgueil ne lui arracheront jamais.

———

Les hommes changent peu d'opinion à un certain âge, comme ils changent peu d'habitudes. On fait honneur de cette constance tardive à la maturité de leur esprit, et l'esprit au fond n'y est pour rien : ils n'aiment pas à déranger leurs idées, voilà tout. C'est une inertie d'âme, produite par l'inertie des organes.

———

La prière est le langage de l'espérance et la plus tendre expression de l'amour ; elle est si naturelle à l'homme, qu'il n'en vient pas aisément à ne plus prier ; c'est comme le dernier effort d'un être que l'orgueil concentre en lui-même, et qui rompt avec tout ce qui est (1). Le désespoir ne prie point : aussi l'orgueil, porté à son comble, est-il une sorte de désespoir affreux de l'intelligence, qui aime mieux régner sur le néant, sa possession propre, que de recevoir de Dieu l'être ou la vérité.

———

S'il n'y a pas, hors de la raison humaine, un pouvoir à qui elle doive obéissance, l'homme est libre de penser, de croire ce qu'il veut, et, par une conséquence nécessaire, d'agir comme il veut. S'il existe une loi pour

———

(1) Orgueil est pris ici, comme toujours par La Mennais, pour synonyme d'individualisme excessif.

les acti ons, il en existe une pour les pensées (1). Les
déistes ne savent ce qu'ils disent, quand ils nous parlent
de crim e et de vertu ; ou ils ne s'entendent pas, ou ils
craigne nt qu'on les entende : pauvres gens, qui sont
obligés de voiler leur doctrine, pour ne pas trembler en
sa présence !

—

L'hom me physique est soumis à des lois, et il meurt
s'il les viole ; l'homme social est soumis à des lois, partout les mêmes, quant au fond, et il meurt s'il les viole.·
Ses actions ses penchants, ses désirs, sont astreints à
certaines règles émanées d'un pouvoir. La raison seule
serait-elle indépendante ? et, si elle ne l'est pas, de qui
dépend-elle ? Renoncez à répondre, ou soyez chrétiens (2).

—

Les hommes sont en garde contre la persuasion ; on
n'avance point avec eux par cette voie : observez au
contraire comme ils cèdent aisément à l'autorité. Cela
est surtout visible dans les enfants. Voilà la nature.
Les assemblées délibérantes mêmes ne sont que des
écoles, où différents maîtres viennent successivement
enseigner des doctrines diverses. La preuve que ce
n'est pas la raison, mais l'autorité qui prévaut, c'est
que les voix se comptent par doctrines, et peuvent être

(1) On voit quels sont les rapports étroits de la logique et de la
morale selon La Mennais. « L'humilité, fondement de la morale, est
aussi le fondement de la logique » (*Essai sur l'Indifférence*, t. II,
p. 99). Cf. aussi *Défense de l'Essai*, éd. Garnier, p. 272-273 :
« Le principe de certitude ou de vérité est en même temps le principe de vertu, comme le principe d'erreur est le principe de désordre... » Les déistes, qui rompent avec l'autorité, rompent donc,
par là même, avec la morale.
(2) L'importance de cette pensée n'échappera pas au lecteur : la
soumission à l'autorité s'impose à notre raison comme la première
et nécessaire condition de son existence. Et le consentement commun n'est que le signe, l'indice de cette exigence vitale qui constitue
l'indéfectible force du vrai.

supputées d'avance. Où est l'homme que le raisonnement ait fait passer du côté gauche au côté droit, et réciproquement ? C'est une grande preuve de Dieu, que la société marche malgré la raison.

—

Il n'y a point de crime qui n'ait été une pensée, ou une erreur, avant d'être une action (1). Il n'y a donc point de morale possible, si l'on ne donne une règle à la pensée. La religion seule le fait. Et comme le fondement de l'ordre est dans l'intelligence, parce que l'ordre est la réalisation extérieure de la vérité, la religion se montre pleine d'indulgence pour les fautes qui ne sont qu'une violation, pour ainsi dire accidentelle de l'ordre, mais qui n'en attaquent pas le fondement. Les plus grands crimes, à ses yeux, sont les crimes de l'intelligence, ou les crimes contre la vérité. Cela est admirable, et prouverait seul la divinité de la religion.

—

C'est grande pitié quand un siècle vient à s'admirer lui-même, et à se mettre naïvement au-dessus de ce qui fut ; et l'orgueil des peuples a un caractère de folie singulièrement effrayant, parce que la folie des hommes en masse, toujours voisine de la fureur, présage un vaste désordre et de pesantes calamités.

—

Comme un fleuve qui descend d'une haute montagne, les peuples élevés par le Christianisme, si on

(1) On reconnaît ici une des lois dont la psychologie contemporaine a mis en pleine lumière la vérité : celle qui considère la pensée comme un commencement d'action, l'action comme le développement automatique de la représentation. Il est facile de constater quel remarquable parti La Mennais, qui l'avait pressentie, en a su tirer, en ce qui concerne les rapports de la connaissance et de la moralité, et surtout, l'appréciation de la culpabilité de l'hérétique.

peut le dire, au sommet de la civilisation, se précipitent plus rapidement et plus avant dans le désordre ; ils y tombent et s'y enfoncent de tout le poids de leur perfection ; et plus ils étaient parfaits, plus il leur est difficile de remonter à la source de l'ordre, et à ce noble état d'où ils sont déchus. Je tiens même ce retour pour impossible ; il semble répugner à la raison, et l'on n'en voit aucun exemple. Le mouvement des sociétés les porte sans cesse en avant, soit vers le bien, soit vers le mal, vers la vie ou vers la mort ; et les peuples ne recommencent pas plus que l'homme. Mais la mort de l'homme est dans sa nature, et, sa condition présente étant donnée, n'est pas un châtiment personnel, parce qu'une autre vie l'attend, plus heureuse, s'il l'a méritée, que celle qu'il quitte. Il n'en n'est pas ainsi de la société ; là mort, n'étant pas une suite nécessaire de sa nature, est toujours pour elle une punition ; et soit qu'elle ait volontairement altéré sa constitution, soit qu'elle ait blessé de toute autre manière les lois fondamentales de son existence, elle ne périt que par sa faute, et le plus souvent par ses propres mains.

—

Au moral comme au physique, on n'est muet que parce qu'on est sourd, et quiconque est sourd est forcé d'être muet (1).

—

Le passé est comme une lampe placée à l'entrée de l'avenir, pour dissiper une partie des ténèbres qui le couvrent.

—

Quiconque aujourd'hui traite de la société, ressemble aux voyageurs qui s'en vont dans ces déserts de l'Orient,

(1) Car la foi vient de l'ouïe, selon la parole de l'Apôtre, *fides ex auditu*, et la foi gouverne et domine la conduite et les mœurs.

qui ne sont peuplés que de souvenirs, recueillir des débris et mesurer des ruines (1).

—

La faiblesse de caractère, qui est aujourd'hui la maladie des honnêtes gens, tient à l'affaiblissement de la foi. On tremble devant la force de l'homme, et l'on n'ose croire ni à la force de la vérité, ni à la force de Dieu même soutenant son Eglise. De là tant de déplorables concessions, dont le seul effet est d'accroître l'audace des ennemis qu'on veut adoucir. Qui capitule est bien près de se rendre. Le Christianisme ne capitule jamais.

Vous parlez des ménagements qu'il convient d'avoir pour les hommes, et vous oubliez ceux qu'on doit à la vérité. Eh ! laissez-nous la défendre, la défendre tout entière ; nous n'en voulons rien céder. Hommes pusillanimes, qui n'osez *combattre les combats du Seigneur,* sortez de nos rangs. Allez, s'il vous plaît ainsi, négocier dans l'ombre avec les passions ; portez-leur en secret les dépouilles de l'Eglise, enlevées furtivement à cette épouse du Roi des rois ; traitez avec le siècle, faites votre paix. La nôtre est cette paix *que le monde ne donne pas,* mais que donne celui qui a dit : *Vous serez opprimés dans le monde ; mais prenez courage, j'ai vaincu le monde.*

Cet homme croit à la religion, il la pratique peut-être en secret. Savez-vous ce qui l'empêche de se montrer ouvertement chrétien ? une pudeur bien naturelle : Dieu est mal vu de certaines gens.

Malheureux ! cesse de te cacher derrière la croix ; viens, et regarde en face celui qui y est cloué, qui meurt pour toi ; et puis, par égard pour ses bourreaux, rougis de lui !

(1) La révolution française, et avant elle la réforme, selon l'école traditionnaliste, ont tout détruit et tout confondu de l'ordre social ancien et fondamental.

—

Au lieu de faire parler l'Eglise en souveraine qui réclame ses droits, on la défend en coupable ; on provoque sur elle la pitié, satisfait, ce semble, d'obtenir une commutation de peine.

—

Avec ses dogmes absurdes et désolants, son Dieu toujours armé pour punir des crimes inévitables, le Jansénisme est l'enfer de la raison.

—

L'athéisme est la mort de l'intelligence, l'extinction de toute lumière et de toute vérité (1) ; et la séparation de Dieu est aussi, dans le langage même de la Religion, la mort éternelle de l'âme, l'exclusion du royaume de la vérité et de la lumière. Ainsi, la plus haute philosophie conduit aux dogmes du Christianisme, et justifie jusqu'aux expressions sous lesquelles ils nous sont proposés. Les esprits superficiels y voient des figures nobles et justes ; ceux qui méditent profondément y reconnaissent, comme le simple peuple, des définitions rigoureuses. Le plus grand effort du génie est de s'élever jusqu'à la foi.

—

La connaissance de Dieu est le caractère propre de l'intelligence. Il n'y a de langage possible qu'au moyen de cette idée mère, et si les animaux connaissaient Dieu, ils parleraient.

—

Une des causes de l'ascendant des prêtres sur les autres hommes, c'est l'ascendant qu'il leur faut obte-

---

(1) L'intelligence individuelle, selon La Mennais, ne vit que par sa participation à la raison générale ou sociale, laquelle n'est qu'une expression de la raison divine elle-même.

nir sur eux-mêmes. Ils sont habitués à vaincre l'homme.

———

Dieu et l'homme étant donnés, tout le Christianisme s'en déduit ; car le Christianisme n'est que l'ensemble des lois, ou des conditions nécessaires de la vie intellectuelle, de la vie morale, et de la vie même physique de l'homme ; lois qui dérivent de la nature de l'homme et de la nature de Dieu (1).

———

Le remords est une douleur qui nous avertit qu'il y a en nous quelque désordre ; il sert, comme la douleur physique, à la conservation de la vie.

———

Une des raisons pourquoi les livres écrits pour défendre la religion produisent si peu d'effet sur la plupart de ceux qui les lisent, c'est que l'incrédulité de presque tous les hommes repose sur un très petit nombre d'objections qu'ils conçoivent à leur manière, ou qu'ils ne conçoivent pas du tout ; objections si extravagantes, qu'il était impossible de les prévoir, et que, quand on les aurait prévues, jamais on n'eût osé y répondre sérieusement, ni même les proposer.

———

La curiosité, si naturelle à l'homme, a des racines dans sa grandeur ; mais il faut de l'application pour

———

(1) Le christianisme comme sociologie, telle est l'idée extrèmement féconde qu'exprime cette pensée ; le christianisme renferme l'ensemble des lois nécessaires à la vie de l'homme et ces lois sont les dogmes ; en sorte qu'ils s'imposent à l'homme et par conséquent se vérifient comme les conditions nécessaires d'existence pour l'homme individuel et social. Encore une fois il y a du pragmatisme, mais un pragmatisme sage, chez La Mennais.

les y découvrir : elle en a de moins cachées dans sa misère (1).

———

La vie est comme une nuit d'hiver, triste et longue ; la philosophie la fait haïr, la religion la fait supporter : ce n'est pas son moins beau triomphe.

———

La preuve que nul esprit n'est juste de tout point, c'est l'estime que chacun fait de soi-même.

———

On se récrie sur ce que certains hommes ont plus de facilités que d'autres pour connaître et pratiquer la vraie religion ; mais n'en est-il pas de même de la morale ? Et si on ne nie pas la morale à cause de cela, pourquoi nierait-on la religion ?

———

Chose remarquable, toutes les connaissances nécessaires se transmettent, dans la société, par la parole seule, sans le secours de l'écriture. Plus des trois quarts du genre humain ne sait pas lire, et il vit.

———

Il ne faut pas fouler d'impôts les pays stériles, ni demander aux hommes trop de délicatesse.

———

(1) La curiosité a des racines dans la grandeur de l'homme : « Rien ne subsiste que par la vérité, car la vérité est l'être, et hors d'elle il n'y a que le néant. Le désir de connaître, inné dans l'homme, n'est que le désir même d'exister, et comme l'effort naturel de l'intelligence vers la vie... » (*Essai sur l'Indifférence*, t. II, p. 67.) Mais d'autre part, la curiosité a des racines dans la misère de l'homme : « Curiosité n'est que vanité, dit Pascal, auquel La Mennais pense certainement ici ; le plus souvent, on ne veut savoir que pour en parler. » (*Pensées*, éd. Brunschwig, sect. II, 152.) La curiosité n'est alors qu'un des aspects du *divertissement*, la pire de nos misères.

La plupart des erreurs sont des vérités égarées. On attribue aux individus ce qui n'appartient qu'à la société, et à l'homme ce qui n'appartient qu'à Dieu. Par exemple, on dit : Il faut que la raison règne ; cela n'est pas vrai de la raison de l'homme, il faut, au contraire, qu'elle obéisse ; il le faut pour qu'elle vive. Mais cela est vrai de la raison de Dieu, et le règne de Jésus-Christ n'est que le règne de la raison divine. Il y a une vérité première qui changerait le monde, si les hommes voulaient la comprendre ; et la société périra par l'erreur opposée.

La tendance d'un certain parti est de transporter tous les pouvoirs aux individus ; à la place du pouvoir spirituel, on établit le pouvoir de la raison particulière ; ainsi, chacun est maître de ses croyances, et peut, s'il est le plus fort, les *imposer* à la raison d'autrui, et même à la raison de tous, c'est-à-dire, changer l'anarchie spirituelle en despotisme. De même, dans l'ordre politique, on appelle le plus grand nombre d'individus possible à la participation du pouvoir législatif, et jusque dans l'ordre judiciaire, on investit un nombre indéfini de citoyens du pouvoir de juger. Or, ces pouvoirs particuliers bornant sur tous les points le pouvoir général, il n'en existera bientôt plus que le nom, et l'on verra, chose étrange, un Etat où le souverain sera seul sujet. Si le monde, comme il est certain, doit finir, il finira de la sorte. La société périt par l'asservissement du pouvoir. Le genre humain périra, si je l'ose dire, par l'asservissement de Dieu. Quand la raison humaine croira avoir vaincu la raison divine, Dieu, par pitié, brisera cette terre d'anarchie, et ressaisira son sceptre éternel (1).

(1) Ainsi, la souveraineté de la raison générale ou sociale sur la raison individuelle est, d'après cette pensée et celle qui précède, la condition première et fondamentale d'existence des sociétés et, par une suite nécessaire, des individus.

—

Tout va se dégradant de telle sorte qu'il n'y aura bientôt plus rien de volontaire dans le service de la société. On est soldat par force, juge ou juré par force. Otez la contrainte et l'argent, il n'est presque pas de fonction publique qui ne fût abandonnée.

—

L'expérience est le passé qui parle au présent : discours de vieillard qu'on n'écoute point, ou qu'on écoute sans y croire et pour s'en moquer.

—

Dans la société, la foi supplée à la faiblesse de chaque raison particulière, en sorte que chacun participe à la raison de tous. Dans la religion, la foi supplée à la faiblesse de la raison de tous, ou de la raison humaine en général, en sorte que l'homme participe à la raison divine ou infinie (1).

—

Les jours passent, qu'emportent-ils avec eux ? des vœux inutiles, des espérances trompées. Le présent s'enfuit chargé de douleurs, de larmes et de regrets qui s'abîment avec lui dans le gouffre sans fond du passé, où ils vont incessamment augmenter cet immense trésor de misères, possession commune du genre humain, et son inaliénable héritage.

—

La vie est une sorte de mystère triste, dont la foi seule a le secret.

(1) On peut dire que, selon La Mennais, la raison individuelle ne vit que dans la mesure où elle est *socialisée*, et la raison sociale, que dans la mesure où elle est *divinisée* : la foi seule réalise cette double et indivisible opération.

—

Si le mot propre est rare, l'idée et le sentiment convenable ne le sont pas moins.

—

Les passions du cœur sont plus vives, mais moins constantes que celles de l'esprit.

—

Tel est l'effet et l'enchaînement des erreurs, qu'après avoir voulu fonder une morale sans religion, on a ensuite voulu fonder une société sans morale ; et nous le savons (1).

—

La morale est une plante dont la racine est dans le ciel, et dont les fleurs et les fruits parfument et embellissent la terre.

—

Le désir de l'immortalité est si avant dans l'homme que, lors même qu'il refuse celle que la foi lui promet, il s'en forge une imaginaire, et il met l'illusion à la place de l'espérance. C'est peut-être en partie à l'incrédulité que l'on doit ce déluge d'écrivains dont la France a été comme inondée dans ces derniers temps. Ceux qui ne croient pas à une autre vie aspirent à vivre éternellement dans celle-ci. Ils veulent s'endormir dans des songes de gloire pour que la mort ne soit pas tout à fait le néant.

(1) Voilà, présentée en une formule saisissante, la fameuse *équation fondamentale* : point de société sans morale — point de morale sans religion = point de société sans religion. — La déduction mennaisienne complète est la suivante : Point de pape infaillible, point d'Eglise ; point d'Eglise, point de christianisme ; point de christianisme, point de religion ; point de religion, point de morale ; point de morale, point de société ; point de société, point d'individu.

Quel changement dans le monde, si l'homme n'avait pas besoin d'aliments pour subsister ! Cette masse énorme de mouvements et de travaux, qui ont la vie pour objet, tournant au profit des passions, nulle société, nul ordre ne serait possible. Otez la peine, la misère, la faim, la soif, les durs labeurs, je ne vois que des crimes sur la terre.

Il y a un libertinage d'esprit qui use l'âme, comme la débauche use les sens (1).

Les circonstances ne forment pas les hommes, elles les montrent ; elles dévoilent, pour ainsi dire, la royauté du génie, dernière ressource des peuples éteints. Les rois qui n'en ont pas le nom, mais qui règnent véritablement par la force du caractère et la grandeur des pensées, sont élus par les événements auxquels ils doivent commander. Sans ancêtres et sans postérité, seuls de leur race, leur mission remplie, ils disparaissent, en laissant à l'avenir des ordres qu'il exécutera fidèlement (2).

Le mouvement n'est plus seulement à la surface de la société, il s'est étendu jusqu'au centre ; c'est de la vie qu'il s'agit. Les droits et les devoirs sont confondus ; on ignore même s'il en existe ; les uns le nient, les

___

(1) La Mennais vise ici le premier romantisme. J'ai montré à propos de Sainte-Beuve, de Victor Hugo et de Lamartine, et je continuerai à montrer comment La Mennais s'était efforcé, jusqu'en 1832 environ, de discipliner le romantisme, et dans quelle mesure il y avait réussi. Cf. *La Mennais et Sainte-Beuve* (Paris, Savaète éd.) *La Mennais et Victor Hugo* (Savaète éd.), *La Mennais et Lamartine* (Paris, Bloud).

(2) Cette pensée a été empruntée à La Mennais par Victor Hugo qui l'a mise en exergue à son ode *Le Génie* (juillet 1820), dédiée à Chateaubriand.

autres l'affirment. Qui décidera ? qui tiendra la balance entre les peuples et les rois ? Trouvez un juge. Transigeront-ils pour en finir ? On l'essaie en effet. Des deux côtés on abandonne et on retient une portion du pouvoir qu'on a mis en litige. La sagesse du siècle a jugé comme Salomon ; mais ce qu'il ne fit point, on le fait, et le jugement est exécuté. L'avenir dira le reste.

———

Gouverner, c'est vouloir ; on ne gouverne pas avec des désirs, mais avec des volontés fermes et constantes.

———

Le crédit public est une fort belle chose, quand on aime la dépense, et qu'on ne peut dépenser qu'en empruntant ; mais je ne vois pas clairement ce que la société y gagne, si la religion, l'ordre, la justice sont les vrais principes de sa vie. Ces grands biens, ces biens nécessaires ne s'acquièrent pas à crédit ; et je ne sache pas, qu'après avoir dissipé notre antique héritage de vérité et de vertu, on ait trouvé le secret de réparer nos pertes par des emprunts, quoique nous ayons, dans la philosophie, une vaste caisse d'amortissement. D'ailleurs, où seraient les capitalistes ? En ce genre, il n'y a que Dieu qui puisse prêter à la société.

———

Je ne sais ce qu'on espère conserver en abandonnant la religion. Jusqu'à présent on ne nous a offert que la doctrine des intérêts pour la remplacer. On veut que ce soit désormais notre morale ; mais cette morale ne me paraît pas applicable à tous et toujours. Qu'un homme ait commis un crime, quelle sera sa morale ou son intérêt ? Celui de la société est que cet homme soit pendu, je le comprends ; mais, ou il y a deux morales certaines, ou il faut dire que l'intérêt de cet homme est aussi qu'on le pende. Cette difficulté ne laisse pas d'être embarrassante, et peut-être est-ce pour cela

qu'on a chargé le bourreau de la résoudre. En tout ce
qui intéresse l'ordre public, il est la dernière raison de
la philosophie, et la meilleure (1).

—

Quand les doctrines se perdent, on les remplace
par des mots, et c'est le signe le plus certain de l'affaiblissement de la raison dans un peuple ; car la raison
se manifeste par une croyance forte en des vérités
rigoureuses ; et la raison de Dieu n'est qu'une croyance
infinie en la souveraine vérité, qui est lui-même. Les
nations formées par le Christianisme, les nations, si
je puis le dire, intelligentes, ont peu d'opinions ; elles
ont des principes fixés et un symbole invariable. Mais
la société vient-elle à se corrompre, on essaie de créer
une raison nouvelle, pour établir un ordre nouveau.
Aux traditions antiques, on substitue de vagues théories ; on oppose aux maximes consacrées des phrases
dénuées de sens, ou qui n'ont d'autre sens que celui
que leur prêtent les passions. L'esprit, inhabile à conserver, mais puissant pour détruire, dévaste le présent,
et transporte les hommes dans un avenir d'illusions.
On méprise, on rebute le bon sens, parce que, fils de
l'expérience, il parle sans cesse du passé, où réside le
fondement de l'ordre qu'on hait et des vérités qu'on
repousse. Certes, il n'est pas aisé de dire quelle profonde pitié inspire aux hommes qui réfléchissent cet
étonnant délire de l'orgueil. Ils se demandent si un
génie funeste est, une seconde fois, venu tenter

_____

(1) Il est facile d'apercevoir ici la nuance qui sépare La Mennais
de Bonald et de J. de Maistre. La société spirituelle renversée, il
ne reste plus selon lui que la force. C'est donc déjà au nom de la
liberté individuelle, qu'il réclame, dans toutes ses prérogatives, le
maintien de la religion. Bonald au contraire se place à un point
de vue avant tout social et politique, Joseph de Maistre, social et
mystique. Chez La Mennais, le besoin individuel de liberté s'affirme
comme un droit imprescriptible de la personne humaine en face du
groupe social ; et peut-être faut-il voir dans cette affirmation le premier
principe de son évolution doctrinale.

l'homme, en lui répétant ces paroles : *Vous serez comme des dieux*. Ils se demandent si les nations doivent avoir aussi leur jour d'épreuve ; si, pour justifier les conseils du Très-Haut, le genre humain tout entier doit, au moment marqué pour sa fin, provoquer, comme son premier père, et par un crime semblable, l'irrévocable sentence de mort. Ils se demandent si nous n'approchons point de ce moment ; si les commotions qui ébranlent le monde, cette nuit effrayante où il s'enfonce, ce désordre, cette agitation, cette tempête d'erreurs, cette violence et cette faiblesse, ces emportements et cette apathie, cette espèce d'impuissance d'être qui tourmente la race humaine, ne sont point les avant-coureurs d'un événement prédit, et que les chrétiens verront arriver sans étonnement. Mais ne cherchons point à sonder les impénétrables conseils de Dieu. Lui seul connaît ses desseins, et jusqu'à ce qu'ils s'exécutent, s'il ne nous défend pas de prévoir, il nous commande d'espérer.

Semblables à un vaisseau que le pilote voudrait diriger sans le secours des astres, les peuples ont perdu leur route ; ils ne la retrouveront qu'en regardant le ciel.

1826

Plier sous la force, c'est l'esclavage ; obéir à des lois,
c'est la société. Mais quelqu'un a-t-il le droit d'imposer
des lois à l'homme ? ou, en d'autres termes, existe-t-il
une société légitime ? Voilà, en politique, la première et la plus importante question ; car, que resterait-
il à discuter, si on la décidait négativement ? Et toute-
fois la philosophie est impuissante à la décider d'une
autre manière (1).

—

Etat social parfait : parfaite soumission au pouvoir
réglé par la raison de la société, ou par des lois par-
faites.

Etat intellectuel parfait : parfaite soumission au pouvoir ou à l'autorité, qui n'est que la raison générale, et
primitivement la raison divine, manifestée par le témoignage.

Etat imparfait : soumission imparfaite, ou pouvoir
particulier qui cherche à s'établir, commencement de
révolte et de désordre.

(1) On voit comment la question de *la liberté*, de la véritable liberté
individuelle, et de ses conditions fondamentales, qui, nous l'avons
montré plus haut est le signe distinctif des spéculations mennai-
siennes dès 1819, occupe manifestement en 1826 la première
place dans les préoccupations de notre auteur. Toute philosophie étant
individualiste est anarchique, et toute anarchie appelle la tyrannie ;
l'autorité religieuse seule fonde la société spirituelle et par conséquent
la liberté.

Etat sauvage : ni pouvoirs ni lois, ou un pouvoir vague et des lois vagues ; ce pouvoir, reconnu seulement en temps de guerre, c'est-à-dire pour détruire et pour ravager. Chacun maître chez soi, maître de ses croyances, de ses devoirs, de ses actions. C'est le déisme.

Etat *de nature :* indépendance absolue, ou absence de toute société. Plus d'autorité, plus de lois, plus de devoirs, plus de raison, plus de langage. La nuit dans l'entendement, l'apathie dans le cœur qui ne bat plus, le silence sur les lèvres. C'est l'athéisme, c'est la mort. Et aussi l'homme n'a jamais vécu dans l'état de nature, et l'esprit ne s'est jamais arrêté dans l'athéisme. Ce qu'on prend pour lui, c'est le doute, ou un esprit de recherche inquiète.

L'homme qui est seul cherche la société, la parole, la lumière, la vie : l'esprit qui est seul cherche Dieu ; voilà tout.

—

Les chartes sont pour les peuples ce qu'est l'Ecriture pour les réformés : c'est le protestantisme transporté dans la politique. En croyant obvier aux difficultés, on les multiplie. Chacun interprète à sa façon le texte sacré, y trouve ce qui lui plaît ; et déjà n'avons-nous pas vu dans les Chambres des disputes grammaticales ? Je ne sais même si l'on n'y a pas cité le *Dictionnaire de l'Académie.* Il est plus désirable qu'on ne le pense qu'il y ait quelque chose d'indéfini dans les attributions du pouvoir, que l'on n'en connaisse pas bien exactement les limites ; car il arrive des circonstances où il est contraint, pour le salut de tous, de se déployer avec plus d'étendue que dans les temps ordinaires. Cela est sans inconvénient sous l'empire des constitutions traditionnelles, mais cela n'est jamais possible sans blesser les chartes écrites, et alors tout est perdu, parce que, la charte violée, il ne reste plus rien, et les révolutionnaires ont beau jeu ; les apparences sont de leur côté. Ces réflexions peuvent s'appliquer au gouvernement de l'Eglise : cela est clair pour ceux qui le connaissent. Les théologiens d'une certaine école sont des amateurs de chartes ecclésiastiques, il n'y entendent rien, même à ne parler qu'humainement (1).

—

On s'est imaginé de nos jours qu'une feuille de papier, qu'on appelle Constitution, devait tenir lieu de tout aux peuples, de mœurs, de religion, et même de gouvernement (1).

—

On ne conçoit pas bien ce qu'on peut entendre par gouvernement représentatif. Que représente-t-il ? le pouvoir ? Mais le gouvernement, qui est le pouvoir, ne saurait le représenter. Le peuple ? Mais le peuple n'est et ne peut être que le sujet, et il n'est pas aisé de comprendre comment le pouvoir représente le sujet, et comment le droit de commander représente le devoir d'obéir. Si on prétend que le peuple est pouvoir à certains égards, et

(1) Un texte ne signifie rien s'il n'est interprété. — Qui interprétera la lettre de la loi ? La raison individuelle ou l'autorité ? Si c'est la raison individuelle, la loi deviendra la proie des passions qui lui feront dire tout ce qu'elles voudront ; si c'est l'autorité, qu'était-il besoin d'une charte, d'une formule écrite ? Ainsi, point de milieu entre la révolution politique et religieuse, et l'autorité et la tradition régnant en souveraines indiscutées en matière politique et religieuse, selon La Mennais. On voit quel parti il en sait tirer contre les gallicans visés ici.

(1) Bonald : « Il existe pour la société religieuse une et une seule constitution *nécessaire* ou naturelle, comme il existe une et une seule constitution *naturelle* ou nécessaire de société politique... » (*Th. du Pouv.*, II, *Introd.*, 6.) Il n'y a donc pas de société sans constitution. Par suite il est absurde de parler de donner une constitution à la société : « On ne peut pas écrire la constitution, car la constitution est existence et nature. Et l'on ne peut *écrire* ni l'existence ni la nature ; *écrire* la constitution, c'est la renverser ; comme *décréter* l'existence de l'Etre suprême, c'est anéantir le culte... » (*Th. du Pouv.*, I, XII, 152).

le pouvoir sujet à certains égards, cela devient un peu moins obscur. Ne voudrait-on pas alors dire que le gouvernement représentatif est comme la représentation d'un gouvernement ?

—

Quand un malade est sans ressource, on fait une assemblée de médecins. Il est juste qu'on ait le même égard pour la société.

—

Messieurs les libéraux ne se lassent point d'opposer ce qu'ils appellent *le régime du privilège à l'ordre constitutionnel,* qui est pour eux le beau idéal de la société.

Ce doit être en effet quelque chose de bien admirable et de bien doux ; sans cela se mettrait-on en si grands frais de révolte pour se procurer une de ces heureuses constitutions qui, à la vérité, entraînent bien d'abord de légers inconvénients, la guerre civile, les proscriptions, les confiscations, le régicide même quelquefois ; mais qui finissent toujours, comme chacun sait, par assurer aux peuples assez sages pour ne pas se laisser prévenir contre elles sur les premières apparences, une gloire impérissable et une félicité sans exemple. Très permis donc aux libéraux de vanter et d'aimer les mille et une constitutions qui ont fait le bonheur de l'Europe depuis trente ans. Mais à cause de cela même, ce que nous ne concevons pas, c'est leur aversion pour le *privilège ;* car le privilège est partout dans ces constitutions, à commencer par celle de l'empire, et sans cela il serait impossible d'organiser une forme quelconque de société (1). Prenons la Charte pour exemple. Ne déclare-t-elle pas que la personne du Roi est inviolable ? et

____

(1) Toute la démonstration qui suit repose sur ce principe cher à Bonald, qu'une société est naturellement hiérarchique.

l'inviolabilité n'est-elle pas un privilège ? Les pairs ne jouissent-ils pas d'une foule de privilèges qui leur sont accordés par la loi ? l'hérédité, les majorats, les titres transmissibles, l'exemption de la prise de corps à raison de leurs dettes ? Les députés des départements n'ont-ils pas aussi des privilèges qui leur sont propres ? Et quel privilège plus grand que la participation au droit de faire la loi, droit qui constitue la souveraineté ? Les électeurs nomment le souverain en vertu d'un autre privilège, fondé, non sur les lumières, sur l'instruction, sur l'estime publique, mais sur l'argent ; et ce privilège est ou plus étendu ou plus restreint, suivant la richesse du privilégié. Ainsi *l'égalité des droits*, entendue dans le sens révolutionnaire, ne signifie rien, ne conduit à rien, si l'on n'établit de plus *l'égalité des fortunes*. Il y aurait en ce genre de beaux exemples à donner par les libéraux.

Au-dessous des grands privilèges dont nous venons de parler, il en existe une foule d'autres moins brillants, mais non moins réels. Combien de charges ne sont-elles pas des propriétés de famille ? Celles de notaire, de greffier, etc... se vendent légalement et avec justice, non seulement par le titulaire, mais encore par ses héritiers. Les courtiers, les agents de change jouissent du privilège, qui a bien son prix, de gagner chaque année cinq ou six cent mille francs, sans craindre aucune concurrence. Quand on en est là, nous ne pensons pas qu'on dût tant crier contre le *régime du privilège*, ni le présenter comme l'opposé du régime constitutionnel (1). Il ne faut abuser de rien, pas même du privilège de déraisonner.

---

(1) Cette critique des privilèges sous le régime constitutionnel prépare déjà l'attitude de La Mennais après la révolution de juillet : ce qu'il demande en 1826, c'est le retour à la constitution naturelle, comportant le rétablissement des privilèges naturels ; et c'est d'un régime de liberté qu'à partir de 1830 il attendra ce retour.

—

C'est prendre trop de peine pour séduire et tromper les hommes, que de chercher des erreurs nouvelles ; on les trompe à moins de frais : il suffit de changer les mots. Un peuple est-il las de la servitude que les factieux appellent liberté, parlez-lui d'indépendance, d'idées libérales, constitutionnelles, de tout ce que vous voudrez ; il n'en demande pas davantage, et le progrès des lumières n'est que cela.

—

On demandait au brahme Poulahvi ce qui monte le plus haut ? Il répondit : L'orgueil d'un esprit médiocre qui détourne ses regards de Dieu. Ce qu'il y a de plus vaste ? Il répondit : Les prétentions d'un homme ambitieux qui n'aime que soi. Ce qu'il y a de plus profond ? Il répondit : Le sommeil d'un prince que sa conscience ne réveille plus. Ce qu'il y a de plus petit ? Il répondit : Les pensées d'un vizir qui ne voit que le présent. Ce qu'il y a de plus malheureux ? Il répondit : Le sort du peuple abandonné à ce vizir (1).

—

On remarque quelquefois dans la société un certain repos de lassitude, dont les gouvernements voudraient se faire honneur. Ils disent du peuple : Voyez comme il dort ! Et les voilà eux-mêmes qui s'endorment satisfaits du succès de leurs soins. Mais le sommeil du peuple est court, et malheur à ceux qui le gouvernent, lorsqu'il se réveille le premier (2) !

(1) Le commentaire de cette pensée est tout entier dans la correspondance de La Mennais. V. en particulier *Correspondance*, éd. in-8 (dans les œuvres posthumes publiées par Forgues, 1858), t. I, p. 151 et seq.

(2) Dès 1826, La Mennais prévoit et prédit la Révolution : « Pour les sociétés politiques c'est fini. » (Corr. publiée par Forgues, I,

La force n'est pas l'effort, au contraire ; et voilà pourquoi on ne l'acquiert jamais.

Il y a une sorte de clémence sanglante, et c'est celle qui ne prend point conseil de la justice. Le pardon qui ne tombe que sur le crime est un nouveau crime : Dieu lui-même ne pardonne qu'au repentir.

Il faut que les peuples sentent le poids du sceptre, et qu'ils le portent avec orgueil.

L'influence du chritianisme sur l'esprit humain se montre d'une manière bien frappante dans les troubles mêmes qui agitent maintenant la société. Ils ont pour cause, en grande partie, un vif sentiment de la perfection morale que les anciens ne connaissaient pas et que la religion chrétienne a développé. Les bons, comme les méchants, ne peuvent plus supporter les imperfections du pouvoir. Pour gouverner les hommes, il faudrait des êtres supérieurs à l'humanité (1), et c'est ce qui rend peut-être la société impossible désormais ; car le mélange du bien et du mal, des vices et des vertus, des inconvénients et des avantages, est ici-bas inséparable de toute association humaine. L'ordre plus parfait auquel tous aspirent, quoiqu'ils ne s'en forment pas tous la même idée, et qu'ils s'efforcent d'y arriver par

p. 162) — « Nous sommes au commencement d'une immense révolution qui se terminera par la mort ou la renaissance des peuples. » (*Ibid.*, p. 170) « Quelque chose se prépare dans le monde, rien de plus évident. La société s'agite sur ses bases chancelantes... » (*Ibid.*, p. 174.)

(1) Aussi La Mennais a-t-il toujours pris rang dans l'opposition politique.

des voies entièrement diverses, cet ordre n'est pas de ce monde. Il y a aussi quelques esprits profondément pervers, à qui le mal connu ne suffit plus, et qui cherchent la perfection du désordre, qui n'est pas non plus de ce monde. Que résultera-t-il de ce mouvement universel ? Dieu le sait ; mais il est clair que le genre humain aspire à un état nouveau. Les bons appellent le ciel, les méchants évoquent l'enfer.

—

De tous les sentiments que peut inspirer l'autorité publique, le mépris est le plus funeste ; la haine a moins de danger. Les peuples ressemblent à la plupart des hommes, qui tremblent devant le lion, et qui écrasent sans pitié les reptiles.

—

Le moindre des inconvénients des discussions publiques sur les matières de gouvernement est qu'elles répandent plus de doutes que de lumières. Elles échauffent les passions, excitent les murmures, dégoûtent de ce qui est, précipitent dans les expériences, soumettent le souverain au jugement du peuple, préparent dès lors sa condamnation, et la tribune, qu'on ne l'oublie jamais, est l'échafaud de la royauté.

—

Il y a des peuples morts, et dont les *ombres reviennent*. Toute leur vie est dans le passé : aussi n'ont-ils que des souvenirs. Tels sont les sauvages, tant exaltés par une philosophie qui s'efforçait de nous conduire au même état. Ils ne s'occupent point de leurs fils ; mais leur âme s'émeut en pensant *aux ossements de leurs pères*. Leur patrie, ce sont des tombeaux ; leurs lois, leurs mœurs, un fantôme de tradition. Entre eux et les peuples vivants, les peuples qui ont un avenir, se

trouvent ceux qui n'ont ni avenir ni passé. Ils cherchent hors d'eux-mêmes, dans un présent qui fuit, non
des souvenirs, non des espérances : quoi donc ? l'image
trompeuse et les dernières illusions d'une vie qui s'é-
teint.

—

Les hommes s'imaginent d'ordinaire que rien ne se
fait avec sagesse que ce qui se fait avec lenteur, et pour
ainsi dire à force de temps. Ils ont raison en un sens,
et à un certain degré ; mais ils n'ont pas raison toujours
et en tout. Les génies dominateurs qui ont exercé une
puissante influence sur leur siècle, et traîné le monde
à leur suite, ont été redevables de cet ascendant, moins
encore à des vues plus étendues, plus pénétrantes, qu'à
une volonté plus active, plus prompte. Ils ont fait bien,
parce qu'ils ont fait ce que la société aurait fait à la
longue, si les circonstances n'avaient pas dérangé son
action ; et ils ont fait beaucoup, et plus que nul autre,
plus que la société abandonnée à elle-même n'eût pu
faire, parce qu'ils ont fait vite, et qu'ils se sont affran-
chis du temps. Pour conduire les peuples, il faut mar-
cher devant eux (1).

—

Toute législation légitime émane de Dieu, il en est
le père ; et votre code de vingt-cinq mille lois, qui ne
remontent pas plus haut que l'homme, ressemble à
un vaste hôpital d'enfants trouvés.

—

Dans son *Essai sur l'histoire, les mœurs et l'esprit
des nations*, qui n'est d'un bout à l'autre qu'une satire
du genre humain, Voltaire a dit, et l'on a depuis répété

(1) Cette conception explique toute la destinée de La Mennais :
génie dominateur, il n'était pas en situation de dominer ; s'affranchir
du temps ! On ne s'affranchit pas du temps. Mais voyez-vous, ici,
poindre l'individualiste sous le traditionnaliste !

mille fois, que *la vraie liberté consiste à n'obéir qu'aux lois* (chap. XVII). Rien ne montre mieux que cette espèce d'apophthegme philosophique avec quelle facilité les hommes se contentent d'une apparence de sens. Les lois ne commandent point ; elles sont la chose commandée. Ainsi, premièrement, si l'on veut s'entendre, ce n'est pas aux lois, mais à celui qui a fait les lois, que l'on obéit : d'où il suit, en second lieu, que le Turc à Constantinople, et l'Anglais à Londres, obéissent également aux lois, et n'obéissent qu'aux lois ; car la volonté du sultan est la loi à Constantinople, comme la volonté du parlement est la loi à Londres. Or M. Voltaire, ni aucun de ceux qui ont répété sa phrase, n'ont voulu dire qu'un Turc était aussi libre qu'un Anglais (1).

Leur pensée est-elle que la vraie liberté consiste à n'obéir qu'au pouvoir dont les volontés sont invariables ? Cela serait encore très faux : car, supposez de mauvaises lois, des lois oppressives, comment sera-t-on libre précisément parce qu'on vivra sous une immuable oppression ? Et de plus, dans cette hypothèse, la liberté serait une chimère, puisqu'il n'y a rien sur la terre de plus chimérique que des lois ou des volontés qui ne changent point ; et les lois, d'ailleurs, pour être toujours bonnes, doivent changer quelquefois, suivant l'état de la société. Toutes les lois d'un peuple naissant ne conviennent pas au même peuple plus avancé dans la civilisation.

Veulent-ils dire qu'être libre, c'est n'obéir qu'à un pouvoir légitime dont les volontés sont justes ? Tout le monde en conviendra ; c'est comme s'ils disaient : La

---

(1) Obéir à Dieu, c'est la liberté ; obéir aux hommes, c'est l'oppression. La religion est le refuge de l'homme contre la tyrannie humaine : tel est son rôle essentiel aux yeux de La Mennais. On s'explique alors pourquoi, le jour où il a cru voir la religion asservie, en la personne de ses ministres, au pouvoir politique et civil, il a rompu avec le catholicisme, et cherché dans une autre formule religieuse la satisfaction de ses instincts de liberté.

liberté consiste à n'obéir qu'au pouvoir établi de Dieu,
et qui gouverne selon la loi de Dieu, loi parfaite, et hors
de laquelle il ne peut exister rien de juste. La vraie
politique, aussi bien que la vraie philosophie, commence
et finit dans le catéchisme. Un pauvre prêtre de vil-
lage enseigne l'une et l'autre, au pied de l'autel, à de
petits enfants qui comprennent cette simple et sublime
doctrine. Une autre doctrine a été, de nos jours, ensei-
gnée aux hommes au pied de l'échafaud ; je ne sais
s'ils l'ont comprise, mais elle a dû au moins fixer leur
attention.

—

On se plaint, et avec raison, de la multitude de sociétés secrètes qui s'organisent de toutes parts. Voulez-
vous détruire leur influence, faites-en une publique.

—

L'homme sent tellement qu'il est né pour le travail,
que le peuple attribue au travail tous les genres de
supériorité, même le génie. Plus près de l'état natif, il
voit très bien que nous n'avons que des connaissances
acquises, des talents acquis, et s'il se trompe, c'est seulement en s'imaginant que les facultés elles-mêmes
peuvent s'acquérir : erreur moins grande et moins dan-
gereuse que celle du philosophe qui croit tout tirer de
lui-même, et se créer ce qu'il est. L'erreur populaire
tend à affermir l'autorité, et en cela elle est favorable
à la raison ; l'erreur philosophique tend au contraire à
détruire la raison en détruisant l'autorité (1).

—

Le consentement commun dans la conduite, par
exemple, l'existence des mêmes désordres dans tous

(1) Car « l'autorité est la base de la certitude et la raison de notre
raison » (*Essai sur l'Indifférence*, t. II, p. 143). Aussi, « le seul
moyen de discerner avec certitude la vérité de l'erreur est l'autorité » (*Ibid.*, p. 248).

les pays et dans tous les temps, prouve que partout
l'homme a les mêmes passions, et par conséquent le
même intérêt à nier la loi qui les condamne, ou à nier
les devoirs opposés à ces passions. Cette loi subsiste
cependant ; elle est non seulement connue, mais avouée
de tous les peuples. Pour qui sait l'entendre, cela prouve
invinciblement et que cette loi n'est pas de l'homme,
et que la raison universelle est inaltérable ou infaillible.

————

La plus grande misère de l'homme n'est pas l'incertitude de ses jugements, mais l'inconstance de sa
volonté.

————

La raison n'ordonne jamais, elle conseille tout au
plus : la parole qui commande vient de plus haut (1).

————

Descartes conseille à l'homme de mettre d'abord sa
raison au secret, et de lui donner ensuite la question
pour lui faire dire ce qu'elle ne sait pas. N'y a-t-il pas
quelque dureté dans cette jurisprudence philosophique (2) ?

————

Un homme obscur, sans pouvoir, sans crédit, sans
richesse, qu'est-il ? que peut-il ? Il jette une idée dans
le monde, une seule ; elle pénètre, elle soulève la masse
immense des pensées humaines, elle leur imprime une

(1) Réfutation brève, mais riche de sens, du fameux *impératif
catégorique* de Kant. Tout impératif rationnel est hypothétique.

(2) Allusion évidente au doute méthodique et au *Cogito*. Rien de
plus déraisonnable que la méthode de Descartes s'il est vrai que « la
raison individuelle abandonnée à elle-même va nécessairement
s'éteindre dans le scepticisme absolu ». (*Ess. sur l'Ind.*, t. II, p. 238.
Au contraire, « la raison individuelle se forme et se développe à
l'aide de la raison générale » (*Ess. sur l'Ind.*, t. II, p. 216).

même direction ; le mouvement passe dans la société, et les empires tombent ou se relèvent, selon la nature de cette idée qui domine toutes les autres, et subjugue les esprits (1).

—

Il y a des choses qu'on dit pour les faire d'abord croire aux autres, et tirer ensuite de là un motif pour les croire soi-même. Voilà pourquoi les vieillards aiment à se louer de leur santé, de leur mémoire, de leur esprit qui n'a pas baissé, disent-ils. Ils cherchent un témoignage pour affermir leur foi.

—

On aime généralement à montrer ce qu'on sait. Il y a cependant une chose dont on est encore plus pressé de parler ; c'est ce qu'on ne sait pas.

—

Les Français passent pour frivoles, parce qu'ils rient de tout, des vices, des crimes mêmes ; et cependant il n'y a point en France plus de criminels et de gens vicieux qu'ailleurs, au contraire : ce n'est donc pas par corruption que le Français rit. Qu'on y regarde de près, on verra que le rire en général est déterminé par le contraste vivement senti entre ce qui devrait être raisonnablement, et ce qui est. Or rien de plus opposé à la raison que le vice et le crime ; et tout vice, comme tout crime, est une sottise (2). Ceux qui n'y voient qu'un

(1) Nul n'a cru plus que La Mennais en la puissance de la pensée. cf. *Essai sur l'Indifférence*, t. I, 1ʳᵉ partie, chap. I, p. 30. — « Leur empire sur les hommes est absolu, » dit-il en parlant des doctrines dominantes ; et plus loin : « *Tout sort des doctrines.* »

(2) On reconnaît ici la célèbre doctrine socratique selon laquelle le vice n'est qu'une ignorance. Comment La Mennais est-il conduit à la restaurer ? Le vice, à ses yeux, est un désordre ; mais à le bien prendre, un désordre est une révolte contre la raison générale ou sociale, et comme cette raison générale est l'aliment et la base même de notre raison individuelle, qui ne vit que par elle, se ré-

désordre gémissent, ou frémissent ; ceux qui voient davantage aperçoivent encore le contraste d'où naît le ridicule. Ils n'ont pas moins d'horreur pour le désordre, mais ils ont plus de mépris pour la sottise ; et ce qu'on taxe de frivolité n'est souvent qu'une raison plus fine, plus étendue et plus pénétrante.

—

Quand on ne porte pas l'amour de soi jusqu'à la haine des autres, on est tranquille, on se croit en règle.

—

Le sentiment que nous avons des choses varie selon notre état intérieur, et notre état intérieur varie lui-même selon les impressions que nous recevons du dehors ; de sorte que notre âme, agitée perpétuellement, ne peut se reposer ni dans la joie, ni dans la douleur.

—

Le temps est un fleuve rapide, mais qui tarira. Chargé de tous les êtres vivants, il les emporte pêle-mêle à travers des régions inconnues, et les jette çà et là sur ses bords.

—

Avez-vous vu sur un cercueil ce long drap noir semé de larmes ? C'est l'emblème de la vie.

—

Toutes nos joies sont soudaines ; jamais elles ne naissent de la réflexion : on dirait qu'elles ne peuvent entrer dans l'âme que par surprise.

volter contre elle, c'est se révolter contre son être même ; c'est là proprement la contradiction, le contraste ridicule qu'aperçoivent ceux dont l'esprit est pénétrant, et qui provoque le rire : car le criminel, en dernière analyse, est dupe, et dupe de lui-même. Seulement, il ne faut pas oublier que pour La Mennais, si tout crime est une sottise, toute erreur est un crime, puisqu'elle a sa racine dans une perversion de la volonté rebelle, qui n'a pas su ou pas voulu plier la raison individuelle aux exigences de la vérité, expression de la raison infinie.

—

Nous avons peu de sentiments purs ; presque toujours ils sont mélangés. Les larmes ont leur joie secrète, et il ne faut pas creuser bien avant dans la joie pour y découvrir quelque tristesse cachée.

—

L'homme, aveugle dans ses pensées, l'est encore plus dans ses désirs. Ce qu'il demande au ciel, quelquefois l'enfer le lui donne.

—

Dans le jeune âge on aime beaucoup, parce qu'on croit beaucoup ; on n'a l'expérience ni des hommes, ni du temps. Plus tard le cœur se resserre, parce que la foi diminue ; quand elle s'éteint tout à fait, il se ferme (1).

—

On se lasse bientôt d'aimer seul, et si l'on ne *témoigne* qu'on vous aime, comment saurez-vous que vous êtes aimé ? Otez le *témoignage*, vous détruisez l'amour. Chose admirable, que ce qu'il y a de plus doux dans la vie soit nécessairement un objet de pure foi !

—

Il y a des esprits qui ne sont jamais sortis du même lieu, qui n'en connaissent point d'autre, qui ne soupçonnent pas qu'il y ait quelque chose au-delà de leur petit empire. Ces esprits s'inquiètent quand on les

(1) Mais, on le comprend, il ne doit pas se fermer ; ou plutôt, si l'expérience fait qu'il se ferme au monde à mesure qu'il en sent mieux la vanité, elle fait aussi que, progressivement, il s'ouvre à Dieu ; on cesse d'aimer ce qui change et passe, parce qu'on ne croit plus en lui ; et l'on aime l'unique nécessaire, parce que des ruines de nos espérances mondaines, monte et jaillit la foi en Dieu.

quitte. Si vous dépassez leur frontière, ils vous croient perdus (1).

—

Combien y a-t-il de siècles entre deux siècles, dont l'un a produit Malebranche (2), et l'autre Condillac, celui-là l'ange, celui-ci la brute de la métaphysique ?

—

Quand la foi meurt, la raison s'imagine qu'elle héritera ; mais son fils aîné, le doute, lui dispute la succession ; il fait plus, il s'en empare, et l'on ne sache pas que sa mère l'ait jamais dépossédé.

—

Croire sincèrement être ce qu'on est, voilà toute l'humilité, cette vertu si rare et si pénible à l'homme.

—

L'homme humble ne juge pas les autres ; l'homme modeste n'exige pas qu'ils se jugent inférieurs à lui. L'orgueil sauvage et dominateur veut s'élever au-dessus de tout. La modestie, contente d'elle-même, ne cherche ni esclaves ni sujets. Elle aime la paix et l'offre à tous les amours-propres ; c'est la civilisation de la vanité.

—

La flatterie est la politesse du mépris.

(1) Combien de ces esprits La Mennais, à chaque étape de son développement, ne laissa-t-il pas derrière lui ? On voudrait savoir lequel de ces abandonnés, sans doute récalcitrant, visait cette curieuse pensée ; et je ne serais pas étonné qu'il s'agît de Bonald : l'évolution vers le *christianisme libéral*, que La Mennais commençait alors à dessiner dans ses écrits, devait les séparer complètement l'un de l'autre.

(2) On montrera l'influence considérable de Malebranche sur la formation de la philosophie mennaisienne. La Mennais le lut et l'étudia pour la première fois en 1806. (Cf. BLAIZE, *Œuvres inédites* de La Mennais, t. I, Introd., p. 26.)

Plaisante chose que la justice des hommes ! Voyez la forme de leurs jugements : il y a, disent-ils, tant de voix pour et tant de voix contre : ils ont réduit la raison aux règles de l'arithmétique, et la vie et la mort dépendent d'une soustraction. Peser, ce serait une affaire ; il est bien plus court de compter. C'est comme si l'on disait : toutes les intelligences sont également éclairées, également fortes, toutes les consciences également droites. On le sait, mais enfin cela a semblé plus commode. Calculez donc, et jugez, et vivez, et mourez au gré de ceux dont vous ne voudriez pas recevoir un conseil sur la moins importante de vos affaires.

Voilà ce que peut dire et ce que dit la raison philosophique. Partant de là, détruisez ce que l'expérience et le sens commun ont établi partout, abolissez la forme des jugements, les règles des tribunaux, déclarez qu'à l'avenir la conduite des affaires humaines, le droit de vie et de mort, appartiendront exclusivement à la supériorité d'esprit, et vous verrez en peu de temps ce que deviendra la société (1).

—

Cet homme me méprise. Qu'est-ce que cela vous fait ? L'estimez-vous, l'aimez-vous tant que vous ne puissiez ou revenir de votre surprise, ou vous consoler de ce qu'une fois il a porté un jugement faux ? Mais il parle de moi en toute occasion d'une manière désavan-

(1) Car, dirait Pascal, qui sera juge de la supériorité d'esprit ? Voilà ouvert un champ de contestations sans limites ; il faut donc conserver cet ordre de choses humiliant et absurde, que la concupiscence impose, et qui du moins sera compris du chrétien. La Mennais dépasse ce point de vue : cet ordre qui humilie la raison individuelle n'est point pour cela absurde ; il exprime les exigences de la raison générale ou sociale, manifestées par le témoignage. S'il n'est pas selon la raison philosophique, il est selon une raison supérieure dont la raison individuelle tire son existence, et dont elle est obligée d'accepter les principes, même lorsqu'elle ne les comprend pas. Pour Pascal, l'ordre social n'est que folie ; pour La Mennais, il est la plus haute expression de la raison divine.

tageuse. Qu'importe encore ? Aviez-vous confié à sa langue la garde de votre repos ? Si cela est, ne vous plaignez point, car ce qui vous arrive, vous l'avez dû prévoir, et dès lors vous l'avez voulu. Si cela n'est pas, de quoi vous plaignez-vous ?

—

Les anciens enfermaient des trésors dans les tombeaux ; mais le plus grand trésor qu'ils recèlent pour un être aussi calamiteux que l'homme, c'est la mort.

—

Pourquoi les hommes pardonnent-ils plus aisément la haine que le mépris ? Ne serait-ce pas parce que la haine s'attache toujours à quelque chose par où l'homme qui est haï s'élève au-dessus de celui qui hait, et le mépris au contraire ? La haine monte vers son objet ; le mépris descend, mais pas assez pour qu'on ne puisse quelquefois lui échapper à force de bassesse. C'est un des secrets de notre siècle ; qu'il en use donc : mais il ne faudrait pas, comme plusieurs, en abuser (1).

—

De même que l'Eglise ou la société des chrétiens est une, universelle, perpétuelle, sainte, ainsi la société de toutes les raisons ou la raison humaine est une, universelle, perpétuelle, sainte, puisqu'elle ne peut tomber

(1) Je ne crois pas qu'aucune pensée permette de mieux apercevoir comment, chez La Mennais, le pamphlétaire échappe au philosophe. La première partie de la pensée, jusqu'aux mots : *le mépris descend*, est d'un moraliste pénétrant et profond ; mais à ce tournant, le journaliste apparaît, le polémiste qui, d'un geste imprévu, vise et frappe son ennemi. C'est du reste une question de savoir si l'état d'âme que révèle la seconde partie de la pensée n'a pas engendré la première : et je la résoudrais par l'affirmative. Nul moins que La Mennais n'a haï ; nul n'a, plus que lui, excellé dans l'art de faire sentir la morsure du mépris ; et c'est là, sans doute, ce qui lui valut tant et de si cruelles inimitiés. Si plusieurs échappèrent à ses mépris par la bassesse, il éprouva du moins que l'homme ne les pardonne point.

dans l'erreur, ni approuver le mal. Fondée par la parole divine, principe de toute raison, elle se conserve également par la parole ou la tradition qui perpétue la pensée et la vérité, et par la foi en cette parole, foi nécessaire *au salut* ou à la vie de chaque raison particulière, puisqu'elle n'est qu'une participation de la vie commune, de la vie universelle et perpétuelle. Et l'Eglise aussi, fondée par la parole divine ou le Verbe divin, raison infinie, se conserve par la tradition qui perpétue la vérité, et par la foi qui nous fait participer à cette vérité (1).

Il y a deux ordres entièrement distincts, l'ordre de l'intelligence et l'ordre de la volonté. Ceux qui veulent que la raison n'admette rien que ce qu'elle conçoit, qui placent en elle la règle des croyances, détruisent la religion et la morale même en détruisant la foi, et sont forcés de nier ou que l'homme soit libre, ou qu'il existe une loi de son intelligence. En effet, qu'une idée se manifeste à son esprit, ou cette idée ne le frappera pas comme vraie de telle manière qu'il ne puisse y refuser son acquiescement, et alors il n'est point tenu de croire, et en ne croyant pas il use légitimement du droit qu'on lui attribue d'être à lui-même sa règle ; ou il sera hors de son pouvoir de résister à la conviction que cette idée

(1) L'Eglise n'est pas un scandale pour la raison ; s'il est vrai que toute société humaine ne repose que sur l'autorité, comment s'étonner que la société des chrétiens repose aussi sur l'autorité ? et puisque, en tant qu'hommes, nous ne vivons que par notre participation à la raison commune qui s'impose à nous, il n'est point surprenant que, chrétiens, nous ne vivions que par la participation à la vérité qu'exprime le Verbe divin, et que nous impose l'autorité de son infinie raison. La voie par laquelle on accède à la vie de l'esprit, ne diffère donc point de celle qui nous conduit à la vie de la pensée ou même à l'existence physique : dans les deux cas, c'est la voie sociale de l'autorité, imposant ses principes même incompris, même incompréhensibles, comme des conditions nécessaires d'existence à la raison individuelle.

fait naître en lui, et alors si cette conviction invincible est ce qu'on appelle loi, cette loi est nécessitante, et l'homme n'est plus libre. On voit qu'à moins de changer totalement le sens des mots, toute religion et toute morale sont renversées, dans ces deux cas, par leur base même, ainsi que toute notion de loi (1).

Il n'y a de loi possible pour l'intelligence, et par conséquent de morale et de religion, qu'en admettant que l'homme, quelle que soit sa conviction, peut et doit croire qu'il se trompe, lorsque sa raison se trouve sur quelque point en opposition avec une raison plus haute, la raison infinie de qui émane la loi. Il n'est pas maître sans doute de voir ce qu'il ne voit pas, ou de se donner une conviction différente de celle qu'il a ; mais il est maître de la faire céder à un jugement supérieur au sien, et d'agir en conséquence. Cet acte de la volonté qui contraint l'intelligence à obéir est ce qu'on nomme la foi.

—

Doutez-vous de la dégradation originelle de l'homme, voyez avec combien de peine cet être fait pour l'éternité supporte une vie d'un moment.

(1) Selon Pascal, l'intelligence est radicalement distincte de la volonté. D'autre part, de ce que notre intelligence ne peut concevoir une proposition, il ne résulte pas que cette proposition soit fausse ; dans le Fragment de l'Esprit géométrique, on sait que Pascal établit contre le chevalier de Méré, qui refusait d'admettre la divisibilité à l'infini de l'espace parce qu'elle lui était incompréhensible, qu'il suffit que le contraire d'une proposition soit manifestement absurde pour que nous soyons en droit de la tenir pour vraie, quoique nous ne puissions ni concevoir, ni comprendre comment elle peut l'être. Enfin, l'intelligence étant ployable en tous sens et par là même trop souvent la proie des puissances trompeuses, c'est à la volonté qu'il appartient, suivant Pascal, à la volonté appuyée sur la grâce, de l'incliner à se soumettre à la vérité même, et surtout incompréhensible. Telles sont les bases doctrinales de la pensée de La Mennais : il réalise seulement dans la raison infinie de qui émane la loi, l'intelligibilité supérieure de la proposition qui échappe à notre raison finie.

—

Un sophiste a dit : *L'homme naît bon.* Et qu'est-ce
donc qui le déprave ? La société, répond le sophiste (1).
De qui se compose la société ? D'hommes apparemment.
Voilà donc toujours le mal qui sort de la volonté de cet
être bon. Pauvres gens ! ils veulent à toute force que
la religion mente ; et, pour prouver qu'elle ment, ils
répètent, en d'autres termes, ce qu'enseigne la religion.

—

Qu'y a-t-il donc dans l'homme qui le porte si souvent
à dire à sa conscience : Tais-toi ?

—

Quand la passion presse l'homme, presque toujours
avant qu'il y cède, il y a un moment d'hésitation. Il
interroge sa conscience. Porteras-tu bien ce crime ? et
avant qu'elle réponde le crime est déjà commis.

—

Pour la philosophie le crime est une erreur ; pour
la religion l'erreur est un crime (2).

—

Le plus haut degré de crédulité est la foi en soi-
même (3).

(1) Inutile de rappeler au lecteur qu'il s'agit de Rousseau.

(2) Contre-partie, mais aussi complément de la pensée citée et
commentée p. h. p. 49, où La Mennais considérait le crime et le vice
comme opposés à la raison, c'est-à-dire comme des erreurs. Ils le
sont bien en effet, si l'on entend par raison la raison générale ou
sociale, expression de la raison infinie, de la raison divine elle-
même. Mais d'un point de vue plus profond, l'erreur même apparaît
comme un crime, puisqu'elle résulte d'un défaut de la volonté qui
refuse d'incliner, de courber la raison individuelle devant la raison
générale.

(3) Car c'est la foi aux passions perpétuellement changeantes, mo-
biles, contradictoires et destructives, opposée à la foi en la raison
générale.

———

Il y a des esprits qui se sentent mourir, et qui regrettent la vie : ce sont ceux où l'on voit encore quelques désirs de foi (1).

———

Où se précipite cette foule ? Jeunes et vieux, riches et pauvres, se pressent, se mêlent, se confondent. Une invisible main les pousse, à travers un étroit passage, vers une porte qu'ils se hâtent de franchir. Au-delà, que se trouve-t-il ? Ils le sauront tout à l'heure ; à présent ils n'ont pas le temps d'y songer.

———

Qu'est-ce que la mort ? Le lendemain des grandeurs, des richesses, des plaisirs. On se couche dans les pompes et dans les voluptés, on se réveille dans le sépulcre, sous un froid linceul, entre l'oubli de la terre et l'éternité de l'enfer ou du ciel.

———

La prière est le dernier lien qui nous attache au ciel : Quand il se rompt, l'enfer s'ouvre et reçoit son nouveau sujet.

———

Pleins de cet ardent amour qu'on leur connaît pour les hommes, les philosophes n'ont cessé de s'élever, avec une constance infatigable, contre les religions *positives*, cause immédiate, comme chacun sait, de presque tous les maux qui ont accablé le genre humain. Il n'est, dans nos collèges où les lumières ont fait tant de progrès, si petit écolier qui, sur ce point, ne fortifie

———

(1) La foi est l'aliment de la raison individuelle ; celle-ci ne se nourrit que de vérité, et ne reçoit la vérité que de la raison générale, avec laquelle elle n'entre en contact que par cette opération de la volonté soumise et subordonnant la raison individuelle à la raison générale, qu'on appelle la foi.

de tout le poids de *son opinion* l'autorité des profonds
penseurs à qui le monde doit cette précieuse découverte.
Enfin c'est un concert général de plaintes sur les calamités qu'entraînent à leur suite les religions *positives*.
Et remarquez qu'en même temps on ne reconnaît pour
vraies que les choses *positives,* comme on les appelle ;
de sorte que la vérité dans la religion serait précisément ce qui la rend funeste, et qu'on n'aurait rien à
lui reprocher si, par bonheur, elle n'était pas vraie. On
ne la craint, on ne la rejette qu'autant qu'elle n'a pas
l'avantage d'être fausse, car en ce cas, elle ne pré-
senterait ni danger ni inconvénient, au contraire peut-
être.

Tout cela est singulièrement lumineux et philosophique. Mais, dans un autre sens plus conforme au
langage ordinaire des hommes, n'est-ce pas quelque
chose d'étrangement bizarre, pour employer une expression douce, que ces déclamations de nos *sages* contre
les religions *positives ?* Qu'y a-t-il en toute religion ?
Des dogmes, des préceptes, un culte. Or conçoit-on des
dogmes, des préceptes, un culte qui ne soient pas nécessairement *positifs ?* Conçoit-on une religion où
l'on ne saurait *positivement* ni ce qu'on doit croire, ni
ce qu'on doit pratiquer, une religion qui n'aurait ni
symboles ni commandements ? une religion qui, pour
toute règle de conduite et de foi, dirait aux hommes :
« Je ne sais pas *positivement* s'il existe un Dieu, si on
lui doit un culte, ni quel culte on lui doit. Je ne sais
pas *positivement* si l'âme est immortelle, si la justice
divine lui réserve dans une autre vie des peines et des
récompenses, ni quelle sera la durée de ces récompenses et de ces peines dont la nature m'est totalement
inconnue. Je ne sais pas *positivement* si le créateur
de l'homme, quel qu'il soit, lui a imposé des devoirs,
ou l'a laissé entièrement maître de ses croyances et
de ses actions. Je ne sais pas *positivement* s'il y a
quelque chose de réel dans ce qu'on nomme *crime,*

et quelque chose de réel dans ce qu'on nomme *vertu*. »

Toute religion qui ne tient pas ce langage, toute religion qui décide quelqu'une de ces importantes questions, est, au plus haut degré, une religion *positive*. Proscrire les religions *positives*, c'est donc proscrire toute religion. Il en faut bien venir là, dès que l'on s'entend, et c'est bien là aussi qu'on en veut venir. Mais pourquoi ne le pas dire franchement ? On se déguise, on s'enveloppe, on prend des détours, pour ne pas heurter de front la conscience universelle. Il y a des doctrines si hideuses qu'elles effraient quiconque les regarde en face. On est contraint de les voiler pour affaiblir l'horreur et tromper les remords (1).

—

Il y a d'étranges opinions dans le monde, et ce ne sont pas les moins fortement établies. Quelle est la sottise criminelle dont on n'ait pas fait une maxime, une sorte de loi, en ce siècle de lumières ? Ecoutez nos sages : *Un enfant doit toujours*, disent-ils, *suivre la religion de son père*. Ils n'en exceptent que les filles ; celles-là s'en rapporteront à leur mère, ou à leur mari. C'est la loi salique en fait de religion ; on succède de mâle en mâle, par ordre de primogéniture. *Un honnête homme*, disent-ils encore, *ne change pas de religion* (2) ; c'est-à-dire un honnête homme qui s'est abusé sur son devoir le plus essentiel doit persister invaria-

(1) Cette insistance de La Mennais sur la *positivité* rappelle impérieusement à celui qui serait tenté de l'oublier, qu'à partir de novembre 1825, ainsi qu'en témoigne sa *Correspondance*, il lit attentivement le *Producteur* dans lequel Aug. Comte jette les premières assises de son *Système de Philosophie Positive*.

(2) Le *Mémorial Catholique* de juin 1824 (p. 325-332) avait publié une lettre inédite de M. le comte J. de Maistre à une dame protestante, *sur la maxime qu'un honnête homme ne change jamais de religion* ; elle dut être l'occasion des réflexions de La Mennais sur le même sujet. La même lettre avait été déjà publiée du vivant de J. de Maistre dans la première livraison du *Défenseur* (t. I, p. 6-13.)

blement dans son erreur jusqu'à la fin ; un honnête homme ne renonce jamais à des opinions fausses reçues dès l'enfance, quand son sort éternel dépend de l'abandon qu'il lui est ordonné de faire ; un honnête homme ne tient aucun compte de la vérité, lorsqu'elle intéresse son salut ; un honnête homme qui a eu quelque temps le malheur d'ignorer un commandement que Dieu lui a fait, et à tous les hommes, sous peine de mort, n'obéit point à ce commandement, orsqu'il le connaît, et, plutôt que d'avouer son ignorance première, il se résigne à subir toutes les suites de cette coupable désobéissance ; un honnête homme qui, par une fatale méprise, a mal vécu pendant des années, n'hésite point de continuer à mal vivre ; un honnête homme, éloigné de Dieu, ferme obstinément l'oreille à la voix de ce Dieu qui le rappelle à lui ; un honnête homme qui a fait un pas sur le chemin de l'enfer ne s'en détourne jamais.

Il est vrai néanmoins, en un certain sens, *qu'un honnête homme ne change pas de religion*, par la raison toute simple qu'il n'y en a pas deux, qu'il n'en existe et qu'il ne peut en exister qu'une seule. On l'embrasse quand on n'en a point ; quand on la quitte, on n'en adopte pas une autre ; car une *opinion*, quelque vive qu'elle soit, n'est pas plus une religion qu'une secte n'est une société. C'est le pouvoir, et un pouvoir souverain, qui fait la société ; c'est la loi, et une loi certaine, absolue, qui fait la religion. Ainsi jamais il ne peut y avoir de changement, de passage d'une religion à une autre, pas plus qu'on ne peut passer de la croyance d'un Dieu à la croyance d'un autre Dieu. On est théiste, ou l'on est athée ; on est membre de l'Eglise ou l'on n'est d'aucune Eglise ; on est de la seule religion divine, ou l'on n'est d'aucune religion. Tout se réduit là et c'est là-dessus que chacun doit prendre son parti.

L'homme croit nécessairement (1) ; il faut donc que la religion l'empêche de croire ce qui serait funeste à lui-même et à ses semblables.

L'homme corrompu hait naturellement la vérité (2) ; il faut donc que la religion le force à croire cette vérité, qu'il hait parce qu'elle le contraint à la perfection.

Or, on ne trouve ces deux choses que dans l'Eglise catholique.

(1) Car la raison humaine ne se nourrit que de vérité et n'existe que par la vérité. Et la foi n'est que le mouvement naturel de l'intelligence vers la vie. En ce sens elle est dans l'intelligence la manifestation du besoin même d'exister.

(2) Cf. *Essai sur l'Indifférence*, Introd. : « Par les sens... l'homme, incliné vers la terre, enseveli dans les jouissances physiques, et sans goût pour les plaisirs intellectuels, ressemble à la brute, et se complaît dans cette ressemblance... On dirait que la vérité est son supplice, tant est vive et profonde la haine qu'elle lui inspire. Il la poursuit sans relâche, l'attaque avec fureur, tantôt dans les autres, tantôt en lui-même, dans son esprit, dans son cœur, dans sa conscience... »

TABLE DES MATIÈRES

Pages

1231-08. — Imprimerie des Orphelins-Apprentis, F. Blétit.
40, rue La Fontaine, Paris.

www.ingramcontent.com/pod-product-compliance
Lightning Source LLC
LaVergne TN
LVHW011449180726
843503LV00007BA/2951